朗読句集

# チンピラ

# 目次

# 2015以前

自画像 2018

# 亀鳴く

亀鳴くやアジアに古き雨が降る

亀鳴くや日本もまた雨の中

松山市南久米町に亀鳴く

南久米町七百五十番地の六に亀鳴く

千年を鶴万年を亀鳴けり

ニャアニャアと亀が鳴いてる午前二時
ワンワンと亀が鳴いてる午後三時
今日もまた亀が鳴いてるコケコッコー

喜劇には亀の鳴く声加えたし
指揮棒を振っては亀を鳴かしけり
亀鳴くを徹夜で聞いていたりけり
中年の悲しみに似て亀が鳴く
亀鳴かぬ兎の横を行くときは

千年を鶴万年を亀鳴けり

ニャアニャアと亀が鳴いてる午前二時
ワンワンと亀が鳴いてる午後三時
今日もまた亀が鳴いてるコケコッコー

喜劇には亀の鳴く声加えたし
指揮棒を振っては亀を鳴かしけり
亀鳴くを徹夜で聞いていたりけり

中年の悲しみに似て亀が鳴く
亀鳴かぬ兎の横を行くときは

# 蚯蚓鳴く

蚯蚓鳴くアジアの古き闇の中
蚯蚓鳴く日本もまた闇の中
蚯蚓鳴く日本の闇飲み込んで
松山市南久米町蚯蚓鳴く
南久米町七百五十番地の六に蚯蚓鳴く

千年を鶴万年を蚯蚓鳴く
ニャアニャアと蚯蚓鳴いてる午前二時
ワンワンと蚯蚓鳴いてる午後三時
今日もまた蚯蚓鳴いてるコケコッコー

喜劇には蚯蚓鳴く声加えたし
指揮棒は要らぬ蚯蚓を鳴かすには
蚯蚓鳴く徹夜で聞いていたりけり
中年の悲しみに似て蚯蚓鳴く

千年を鶴万年を蚯蚓鳴く
ニャアニャアと蚯蚓鳴いてる午前二時
ワンワンと蚯蚓鳴いてる午後三時
今日もまた蚯蚓鳴いてるコケコッコー

喜劇には蚯蚓鳴く声加えたし
指揮棒は要らぬ蚯蚓を鳴かすには
蚯蚓鳴く徹夜で聞いていたりけり

中年の悲しみに似て蚯蚓鳴く

蚯蚓鳴くアジアの古き闇の中
蚯蚓鳴く日本もまた闇の中
蚯蚓鳴く日本の闇飲み込んで
松山市南久米町蚯蚓鳴く
南久米町七百五十番地の六に蚯蚓鳴く

千年を鶴万年を蚯蚓鳴く

ニャアニャアと蚯蚓鳴いてる午前二時
ワンワンと蚯蚓鳴いてる午後三時
今日もまた蚯蚓鳴いてるコケコッコー

喜劇には蚯蚓鳴く声加えたし
指揮棒は要らぬ蚯蚓を鳴かすには
蚯蚓鳴く徹夜で聞いていたりけり
中年の悲しみに似て蚯蚓鳴く

蚯蚓鳴くアジアの古き闇の中
蚯蚓鳴く日本もまた闇の中

蚯蚓鳴く松山の闇飲み込んで
松山市南久米町蚯蚓鳴く
南久米町七百五十番地の六に蚯蚓鳴く

# 十七歳

野苺の花の前にて裸の胸

十七の春マリちゃんを待っている

山笑う日はカヨちゃんに手紙書く

水温むからカズエにも電話する

蛇穴を出てノリちゃんにeメール

亀の鳴く夜はユウコの家にいく

野苺の花の前にて裸の胸

十七の夏マリちゃんが好きでした
カヨちゃんが大胆になる皐月闇
夏みかんカズエちゃんより酸っぱくて
熱帯夜ノリちゃんに書くラブレター
好きですと言えばユウコが蠅叩く

野苺の花の前にて裸の胸

十七の秋マリちゃんとはとぽっぽ
休暇明けなりカヨちゃんとぽっぽっぽっぽ
満月の夜のカズエとはぽぽぽぽぽ
敬老の日のノリちゃんとぽーぽぽぽ
穴惑いしてユウコとのぽぽぽのぽ

野苺の花の前にて裸の胸

マリちゃんがさよならをいう牡丹雪
カヨちゃんの髪引っぱってクリスマス
隙間風カズエを好きな奴がいて
ノリちゃんと一緒に見てた遠い火事
木枯しの道をユウコと別々に

野苺の花の前にて裸の胸

# 磧

桃の日のきれいな水でありにけり
菜の花の咲く両側を水流れ
五月来て白鳥橋を渡りけり
雨の日の紫陽花にならなりましょう
まりちゃんもお嫁にいって蛍の夜

爆発の日ごろの不満水喧嘩
水馬水に浮かんでいたりけり
標的は決まっていたり水鉄砲
娘より妻の水着の大胆な
水平線見てる西瓜を食いながら
水軍の島に朝顔咲かせ住む
女らのまぶしき日なり水中花
鬼百合の水位下がっていたりけり
水遊びみんな帰ってしまいけり

火と水とそして太初の夏の闇

水を出て少年はまず髪を拭く
広島の八月六つの橋渡る
夕顔の冥さで歩く水の中
黒猫の首吊りにゆく水あかり
おそろしき川なり水の澄みにけり

「水」は、フロイト的な分析では、母親の胎内を表します。

満月の夜の約束は忘れます
行く秋を水に流してしまいけり
檸檬買い帰りて妻は妊れり
記憶から川のなくなる十二月
生傷を水で洗いてラガー去る

# 東京

ヒアシンス十年前なら死刑のぼくら

一斉にドアが開いて東京は

リッツ、ジャスミン、シャルム、サンローゼ、
ステーション3、サラビアン、ルシュール、ビューティー、フルール……。

どくだみの花根岸にも谷中にも

リッツ、ジャスミン、シャルム、サンローゼ、ステーション3、サラビアン、ルシュール、ビューティー、フルール……。

昼顔のとなりの席に座りけり

リッツ、ジャスミン、シャルム、サンローゼ、ステーション3、サラビアン、ルシュール、ビューティー、フルール……。空き室あり。

パンドラの箱が開いて春の家

「ごめんね」と黄色い雨の降る夜です。

君のため買うチョコレートマルクス忌

満開の桜のうしろから抱けり

君の死を願えり春の日傾けば

もう少し飲もうよ紫陽花咲いてるから

どくだみが咲く東京のど真ん中

リッツ、ジャスミン、シャルム、サンローゼ、

ステーション3、サラビアン、ルシュール、ビューティー、フルール……。ただ今満室。

昼顔がうしろに咲いていたりけり

子規庵周辺のラブホテルの平均は、
ご休憩　四〇八三円
ご宿泊　六五三三円

リッツ、ジャスミン、シャルム、サンローゼ、
ステーション3、サラビアン、ルシュール、ビューティー、フルール……。

どくだみが咲く東京のど真ん中

※俳句以外は「子規新報」第一巻四〇号、櫂末知子「子規庵は今」より作成した。

# 秋の暮

律は強情なり。人間に向かって冷淡なり。
特に、男に向かってshyなり。

ひたすらに便器を磨く秋の暮

彼は癇癪持なり。強情なり。気が利かぬなり。人に物問ふことが嫌ひなり。

ひたすらに便器を磨く秋の暮

指先の仕事は極めて不器用なり。一度決まったことを改良することが出来ぬなり。

ひたすらに便器を磨く秋の暮

彼の弱点は枚挙に遑あらず。余は時として、彼を殺さんと思ふほどに腹立つことあり。

ひたすらに便器を磨く秋の暮

されどその実、彼が精神的不具者であるだけ、一層、彼を可愛く思ふ情に絶えず。
他日、もし、彼が独りで世に立たねばならぬときに、彼の欠点がいかに彼を苦しむるかを思ふために、余は、なるべく彼の癇癪性を改めさせんと、常にこころがけつつあり。

病勢はげしく、苦痛つのるに従い、わが思ふ通りにならぬために、絶えず癇癪を起こし、人を叱す。家人恐れて近づかず。一人として看病の真意を解する者なし。

ひたすらに便器を磨く秋の暮

※俳句以外は正岡子規『仰臥漫録』明治三十四年九月二十一日記事より抜粋した。

# ふるさとの坂

先年、小西昭夫が勤めている学校を訪ねた。松山からまず砥部町へ行き、水中の行動を見せてくれる県立動物園の河馬を見て、それから、雪の残る広田村を越え、小田川を遡って、小田高校に至ったのだ。

菜の花の道を不良の教師来る

2Bのトンボ鉛筆さくら咲く

さくら咲く乳首たくさん集まって

男にも乳首があってさくら咲く
木蓮が咲きます君が咲くように

小西が教師として勤めている小田高校は、冬休み中で、森閑としていた。私は彼のエッセイによく出てくる寺村商店街を妻と歩いた。もし、その場に小西がいたら、手ずくりの下駄を作る職人や、柚子を用いた名物の菓子屋などを案内してくれただろう。だが、旅の途中で気まぐれによったので、小西に連絡する暇もなかったし、その地に知り合いもなかった。

麦秋の中へ箪笥を買いに行く
ふるさとの坂ペリカンと出会うなり

目隠しをされた駱駝が炎天下

泣きながら駱駝のわたる天の川

ビール飲む腰を痛めたペリカンと

私たちは、人通りのない商店街を端から端まで歩き、大抵の家が、屋根が歪んで、瓦が崩れ落ちそうになっていることを興がった。まるで、つげ義春の漫画の世界のようだった。

吐き出して通草の種の黒かりき

臆病なぼく大胆な秋の蝿

ストローで飲む日本酒や牡丹雪
人を焼く煙がのぼり梅が咲く
春の雪大きな穴が口を開け

※俳句以外は小西昭夫句集『ペリカンと駱駝』の坪内稔典の跋文より作成した。

# 愛妻家

愛煙家小西昭夫氏蝿を追う
厭世家小西昭夫氏蝿と住む
好色家小西昭夫氏蝿を抱く
財産家小西昭夫氏蝿を買う
評論家小西昭夫氏蝿を売る
楽天家小西昭夫氏蝿を食う

恐妻家小西昭夫氏蠅と寝る
愛妻家小西昭夫氏蠅叩く

世阿弥忌の蠅の叩かれ易きかな
あの頃のあの若き日の蠅叩く
ホリドール・ズルチン・ポマード・蠅叩き
中年や一途に蠅を叩くなり
蠅を打ち終えて西鶴忌と思う

愛妻家小西昭夫氏蝿を追う
愛妻家小西昭夫氏蝿と住む
愛妻家小西昭夫氏蝿を抱く
愛妻家小西昭夫氏蝿を買う
愛妻家小西昭夫氏蝿を売る
愛妻家小西昭夫氏蝿を食う
愛妻家小西昭夫氏蝿叩く

愛妻家小西昭夫氏蝿・蝿・蝿

# 雪

父高雄三十四歳、母綾子三十四歳。
雪の降る寒い夜。
近所で自殺があった。

牡丹雪最初の記憶灯りけり
雪の日の赤い林檎を剥きにけり
塩味の強さも雪の日の目刺

逆さまに吊るすにわとり雪の山
雪の日の父の帰りの遅かりき
雪になる柱時計が九時を打つ
雪踏んで隊列が過ぎゆきしかな

幼い日々の記憶は懐かしいが、どこか恐ろしい。

初雪や真っ直ぐに行く肉売り場
先輩はうしろから来る雪の山
裏切りも辻斬りもある牡丹雪

犬死も討ち死にもある牡丹雪
ストローで飲む日本酒や牡丹雪
スペインで暮らす哀しみ牡丹雪
牡丹雪二十世紀を洗濯す

可愛げのない子供であったことは確かだ。

この町の誰も雪など喜ばず
雪の日のみんな優しくすれ違う
辞職峠と呼ばれる雪の峠行く

雪が降る鳥の言葉の重さで降る
いつも見る山を降る雪越しに見る
降る雪や祈り・正直・無垢・愚直

# チンピラ

キャメルK朗読原稿

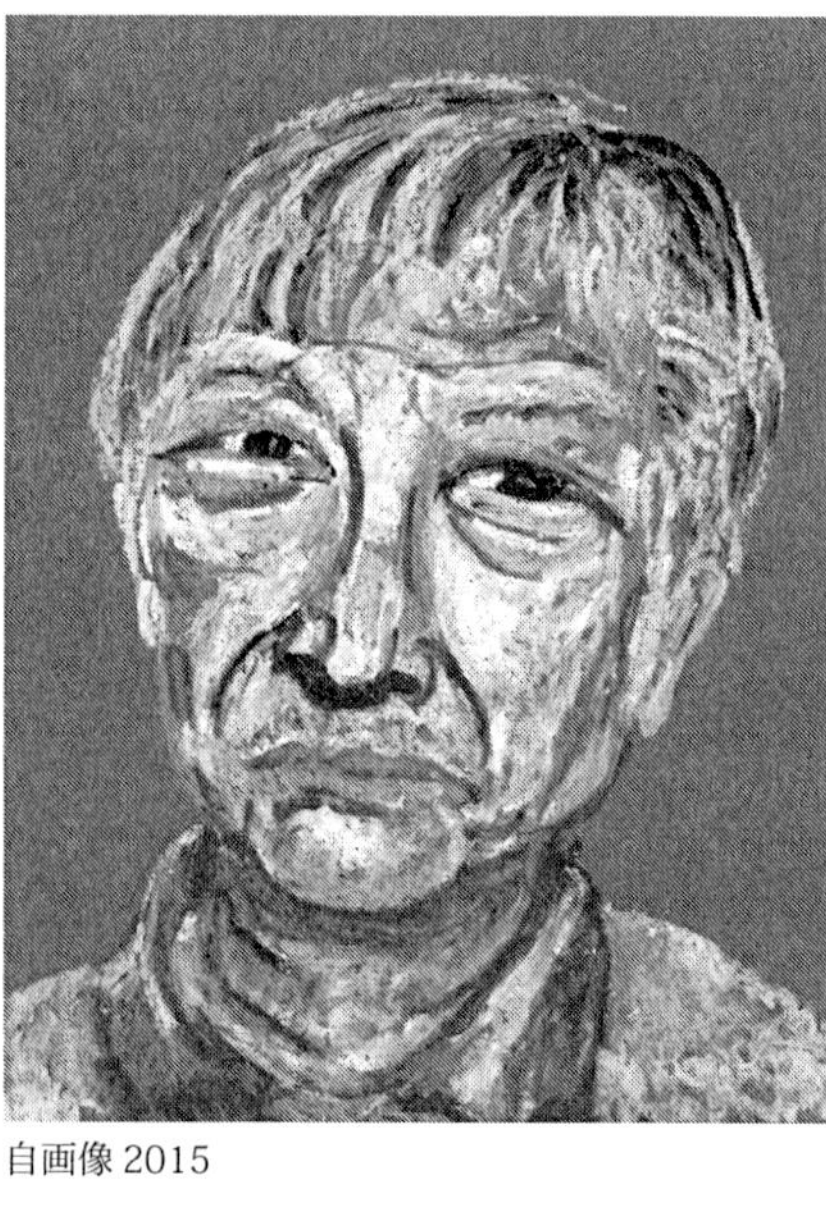

自画像 2015

キャメルK朗読原稿2015

# チンピラⅠ

この年になっても成長を続けています。

龍天に昇る鼻毛の伸びやすし

男は外に出ると七人の敵がいるそうですが、女の敵は何人いるのでしょう。

七人と犬一匹のさくらかな

こんな人もいなくなりました。

立小便している冬の男かな

目刺しを観察しました。

**食わんとす目刺しの頬のこけており**

ぼくは走っていたのですが。

**マラソンの歩く人にも抜かれけり**

マラソンは確かに人生であります。

**マラソンの最後の坂は歩きけり**

高浜虚子には「去年今年貫く棒のごときもの」という有名な句があります。

**去年今年貫いてあるゴミの山**

渥美清さんが演じた寅さんは、「とらや」へ帰って、騒動を起こして旅にでますが、旅からの便りには、必ず「深く反省の日々を過ごしております」と書かれています。

**恥ずかしきことの数かずチューリップ**

「変なところ」とはどんなところでしょう。

**初夢の変なところで目覚めけり**

たぶん、ぼくの朗読のようなものです。

**また蛇に足つけている文化の日**

蟷螂と言うのは、、カマキリのことであります。

**蟷螂や相手に不足ありにけり**

蟷螂よりは手強い虫であります。

毛虫の毛みな真直ぐでありにけり

この頃は穿く人も少なくなりました。

マントヒヒにはステテコを穿かせたし

ぼくは愛妻家であります。

空港に妻を送って夏休み

この人もきっと愛妻家です。

恐妻家刑事コロンボなめくじり

戦前には不敬罪というのがありましたが、ぼくに不敬の気持ちはありません。

**生ゴミの日なり天皇誕生日**

「毛」と言はれて、思い浮かぶのはどこの「毛」でしょう。

**雪だるま毛はつけられておらぬなり**

ロダンの「考える人」を俳句にしてみました。

**排泄の姿勢で春を惜しみけり**

お風呂に浮いているものを想像してください。

**冬至の湯なんにも浮いておらぬなり**

結論でございます。

**今もまだチンピラのぼく桜咲く**

キャメルK朗読原稿2016

# チンピラⅡ

かつて、日本には通い婚の時代がありました。その時代の朝であります。ひょっとしたら、現在もあるかもしれません。

**春はあけぼののそろそろ帰らねばならぬ**

太初とは天地の開き始めたころのことであります。その響きが好きであります。

**太初から浮いておるのかあめんぼう**

ぼくは柔道の技の内股のつもりで作ったのですが。句会ではそうは読まれませんでした。

切れ味の良き内股のすずしさよ
主役はかき氷だったはずなのですが。
首筋のほくろがきれいかき氷
「あいつ」とはどんなヤツなのでしょう。
土曜日のゴキブリ日曜日のあいつ
この酸味が捨てがたいのです。
朝食の梅干の種まだ口に
漢字だけの句ですが、自分では好きな句です。
青田又青田雨雨雨青田

うなぎの日くるぞ結婚記念日も

「うなぎの日」は土用の丑の日であります。去年は7月24日でした。7月24日はぼくの結婚記念日であります。また、芥川龍之介の命日でもあります。今年の夏の土用の丑の日は7月30日であります。事実以上におもしろくなった句であります。

当たり前といえば当たり前なのですが。

乳牛と乳牛並ぶ涼しさよ

日本の川にこの魚がいることは幸せです。

鮎食いに行く山越えて山越えて

ぼくはちゃんと右側通行を守っています。

蟷螂が行く舗装路のど真ん中

噛み切ることはありませんが、結構痛いのです。

大くしゃみして強かに舌をかむ

果して、これは自由なのでしょうか、不自由なのでしょうか。

酒を買い大根を買い妻の留守

べつに不貞寝したからではないでしょうが。

不貞寝して初夢は見ておらぬなり

男の方には共感していただけるかと。

めくるもの坊主、スカート、初暦

だから、ぼくは駄目なんです。

**反省は途中でやめるお正月**

ぼくはそうではないのですが。

**掃除機は元気に仕事始めかな**

本当にそう見えるのです。

**白梅の雄蕊鼻毛のごとくなり**

寅さんの啖呵売を思い出してください。「四谷赤坂六本木ちょろちょろ流れるお茶の水、粋な姉ちゃん…」。これを格調高い俳句にしてみました。

**四谷赤坂六本木ちょろちょろ流れる春の水**

これがなかなか難しいのです。

伊予柑をいかに傷つけずにむくか

恋人と見てる地獄の窯の蓋

怖い句だと思うでしょうが、「地獄の窯の蓋」は植物です。雑草ですが、青い可憐な花を咲かせます。

何にでも準備は必要です。

龍天に昇る仕度をしておるか

ぼくはＮＨＫ（注：当時）の有働由美子アナウンサーのファンであります。

腋汗をかいて坂道上りけり

結論でございます。
今もまだチンピラのぼく花は葉に

キャメルK朗読原稿2017

# チンピラⅢ

道おしえとは夏の山道でよく見かける斑猫のことです。

**案内を途中で止める道おしえ**

時雨は冬に降る通り雨ですが、雨とばかりは限りません。

**蝉時雨なりどの傘を持っていこ**

例えればこんな花であります。

**頭の中はもわもわもわわ烏瓜**

アダムとイブの禁断の木の実は林檎だと言われていますが、桃だという説も葡萄だという説もあります。

横たわる女のように黒葡萄

年忘れは忘年会のことですが、それどころではありません。

ガスの火を消したかどうか年忘れ

血液型の違いによる性格診断を信じますか。

わが家族みんなA型いなびかり

莎逍氏は東英幸さんの昔の俳号です。この道を教えてくれたのが東さんです。道後のネオン坂の裏手ににあります。

朝帰りの径莎逍氏と山ぶとう

さて、この句の季語は何でしょう。

竹輪大根豆腐蒟蒻肉たまご

大根。その通りですが、正解はおでんです。

昔は讃岐が好きでしたが、年をとるほど松山が好きになりました。

松山の腰抜けたちの饂飩かな

芹・なずな・ごぎょう・はこべら・仏の座・すずな・すずしろ。

春の七草であります。

早々と腹の減りたる七日粥

一途さ、ひたむきさには頭が下がります。

恋猫の他に為すべきことやなし

うつくしい風景であります。

耕して何にも植えておらざりき

格調高くいきます。

月日は百代の過客にして、行かふ年も又旅人也。舟の上に生涯をうかべ、馬の口とらえて老をむかふる物は、日々旅にして旅を栖とす。

百代の過客のひとり春の蝿

表記は自由に想像してください。

磯巾着とじてひらいて又ひらく

しばらくの間、亀の甲羅干しを見ていました。

鳴きそうな亀のやっぱり鳴かざりき

チューリップは花の形を超えていました。

チューリップ顎を外して笑いけり

私生まれも育ちも葛飾柴又。帝釈天で産湯を使い、姓は車、名は寅次郎。人呼んでふうてんの寅と発します。

何度でも恋はするべしチューリップ

ぼくは自分がどこの馬の骨なのかしりません。

著莪の花毛並みよいとか悪いとか

結論でございます。
チンピラを卒業できずチューリップ

キャメルK朗読原稿２０１８

# チンピラⅣ

昨年は夏目漱石生誕一五〇年の年でした。

**マドンナの隠れ煙草や道後の湯**

雲はいろいろの形に見えます。夏の雲は入道雲といいますが、よく見ると、

**入道というよりゴジラ夏の雲**

昔はたくさんの蠅がいました。

**あればよし無ければないで蠅叩**

フラ・ダンスのカルチャーへ行って妻は留守です。

**昼飯は自分で作る冷そうめん**

「いざ鎌倉へ」は武士のならいであります。

**蝸牛鎌倉まではちと遠い**

お盆は死者だけでなく、目上の人を目下の者がもてなす行事でもあります。それを生身魂といいますが、最近では高齢者を指すようにもなってきました。高齢者を敬い、その生命力にあやかるのが本来の意義です。

**下ネタが生きる力や生身魂**

漱石の「三四郎」では正岡子規は一度に十五、六個も食べた様です。ぼくはその半分です。

**一二三四五六七八かきくけこ**

大正天皇に「俳句とはどのようなものか」と聞かれた松根東洋城は、「渋柿のごときものにてはそうらへど」の句を残しています。

友情もまた渋柿のごときもの

夢は無意識の世界の表現でしょうか。不安です。

暖房の入れ始めなりへんな夢

図形の俳句を作ってみました。

初夢の○×△□かな

御存じのように縁起のいい初夢は「一富士、二鷹、三茄子」と言われています。

初夢に富士なし鷹なし茄子なし

いつまでも眠っていて欲しいのですが…。

すこやかに眠っておるか蛇・蜥蜴

さむくなると、やっぱり熱燗がいいです。

熱燗や一人またよし二人よし

それとも、こちらの句の方がいいでしょうか。

熱燗や二人よしまた一人よし

要するに熱燗が好きなのです。

熱燗の話大きくなるばかり

恋は猫だけの特権ではありません。

猫の鳴く声ありバレンタインの日

恋をしない猫もいるにはいます。

猫柳猫であること忘れけり

暑い一日でした。やっと帰ってきて冷蔵庫を開けました。

一本のビールも冷えておらぬなり

結論でございます。

チンピラはきんぴらじゃない亀が鳴く

キャメルK朗読原稿2019

# チンピラV

これも日向ぼっこなのでしょうか
鵜は羽を亀は甲羅を干しており
和菓子はどれも上品な大きさです。
草餅の一人にひとつでは足りぬ
あれは間違いなく青春の飲み物でした。
あの頃は明日があったソーダ水

形もそうですが、やがて色もそうなるのです。たくさんあると、ちょっと太っ腹になります。

少しなら貸してやろうか小判草

わが家のかたつむりはどこへ行ったのでしょうか。

転居先教えてくれぬかたつむり

困った時のフランスであります。

フランスへ行ったかわが家のかたつむり

俳句で大切なことは、元気で、楽しく、くだらないということであります。

右手にバナナ左手に牛乳

暑い一日でした。

帰宅してすぐ開けるなり冷蔵庫

家に冷蔵庫がなかったころのことです。

その昔トマトは水に浮いていた

人間に塩味は必要です。

くちびるを舐めれば塩辛とんぼかな

鍋料理には、それをとり仕切る奉行が必ずいます。ところが……。

闇鍋の奉行どこにもおらざりき

今年の夏も思いやられます。

昼来れば夜を待ちおる暑さかな

ぼくは仲良くしたかったのですが、

天道虫話しかければ飛びにけり

無季の句であります。

晩酌に少し早いが昼の酒

愛媛の売り、県民性は「まじめ」であります。

段畑のみかんの行儀よく熟れる

勇んで出かけて行きました。

河豚食いに行くやたまたま妻の留守

友人に白菜をたっぷりもらいました。カミさんは大阪の娘のところに行っていました。

妻の留守白菜鍋は三日目に

四日目のことです。

妻の留守白菜鍋を今日もまた

まだまだ帰ってきません。

妻の留守白菜鍋はまだ続く

妻が帰宅しました。

白菜はまだまだまだまだまだ残る

冬至の夜です。これがなかなか楽しいのです。

浮いてくる柚子を沈めてまた浮かす

夫婦二人だけの暮らしになりますと大きすぎるのです。

クリスマスケーキ買おうか買うまいか

一年の計は元旦にあります。三日は新年の季語で一月三日のことであります。

一寸の光陰軽んじて三日

なかなか読めないのです。

いただいて困る草書の年賀状

風邪は大したことはなかったのですが、

噎してしたたかに舌噛みにけり

まるで、あこぎな折檻のようです。

裸木のさらに剪定されており

世の中そう上手くはいかないものです。

曇りのち雨なりバレンタインの日

般若心経のエッセンスを俳句にしますと、

色即是空空即是色四月馬鹿

友だちの友達は友だちであります。

友が来て友の友来てさくらの夜

正岡子規に「若鮎の二手になりて上りけり」の句があります。スーパーでは、

若鮎の空揚げにされ売られけり

愛にもいろいろなかたちがあります。

しゃぼん玉宿六という愛し方

鶯は鳥で、さくらは花ですが、鳥でも花でもありません。

鶯にするか桜か店の前

あげくの果てです。

買ったのはとなりの街のかしわ餅

「遊五人展」の似ていない自画像のようなものです。

**チンピラが鳩になるなり鷹もまた**

もう一度言いますが、俳句で大切なことは、元気で、楽しく、くだらないということであります。お終いでございます。

**チンピラは蛤となるスズメまた**

# あとがき

十年ほど前に俳句仲間のしづかさんがやっていたスナックで四人で飲んでいた。東英幸さん、岡本亜蘇さん、高橋正治さんとぼくの四人だった。その時のノリで美術展をやろうという話になった。正治さんは画家であり書家でもあるが、後の三人はど素人である。もちろん、普段、絵や彫刻を作ってもいない。

普通は作品があって展覧会を開くのだが、ぼくたちは作品はないがまず「キャメルK」という画廊を借りた。画廊を借りれば作品をつくるだろうという甘い発想である。「自画像に髯を描いたから髯を伸ばした」という寺山修司の逆の発想を楽しもうと思ったのである。今はメンバーも増えて十人を越えている。毎年五月半ばに展覧会を開いているが、メンバーの多くは五月の連休が作品作りの真っ最中である。

六年ほど前だろうか、その「遊五人展」の会期中に今度は俳句と詩の朗読会をやろう

という話になった。最初の一年目は以前に朗読用に作っていた原稿を読んだ。俳句の朗読はそれまでにも何度か試みていたが、自分が読むことに精一杯でそれを聞いてくれる人のことなどあまり考えていなかった。ところが、久しぶりに朗読会を開いてみると、今度は聴くことの大変さがよく分かってきた。朗読のスピードに頭がついて行かなかった。それで、自分の朗読にはできるだけ耳への負担をかけないようにしようと思った。句は出来るだけ簡単なものにして、耳で聞いて分かるものにしようと心がけた。より分かりやすくするために、前書きを入れ、いわば後句付けのように俳句を朗読することにしてみた。気軽に聞いていただくためにユーモアを重視した。これが「チンピラ」の作品群である。

前半には、キャメルKでの一年目の朗読やかつて「子規新報」で行った「俳句ボクシング」の作品を載せた。まだ、自分が朗読することで精一杯だった頃の作品である。聞いていただくというより、朗読する自分に酔っていたのだろう、と思う。

今、愛媛新聞社で「愛媛の俳人たち」というカルチャー講座を担当している。そこで、

時々出待ちをしてくれるのがキンちゃんである。そして、ぼくのカルチャーを保護者のように見守ってくれている亜蘇さんと三人で居酒屋に行く。よもやま話をしてそこで別れる。ぼくと亜蘇さんは八時前後の横河原線に乗って帰宅する。こんなことを何度か繰り返したよもやま話の中でこの朗読句集を作る話も生まれた。

当初は、今年の朗読会に間に合わせて作る予定だったのだが、案の定間に合わなかった。黙読が中心になった時代だが、ぼくのことは別にしても、キャメルKでの朗読の楽しさは作者の声が直接聴けることであると思う。個人的にはこの朗読は作者に声をかえしてやる試みだと思っている。

願わくば、この句集は声に出して読んでいただけるとありがたい。何てったって、朗読句集なんだから。

小西昭夫

二〇一九年十月二十七日

小西昭夫（こにしあきお）
一九五四年愛媛県伊予郡砥部町生まれ。愛媛大学俳句会で俳句を始める。同人誌「花綵列島」、パーソナルな「寺村つうしん」を編集発行。「いたどり」（川本臥風主宰）、「水煙」（高橋信之主宰）に参加。現在は「船団」会員、「子規新報」編集長、愛媛新聞文芸特集俳句選者。愛媛新聞カルチャースクール「愛媛の俳人たち」、「みんなで俳句」講師。句集に『花綵列島』、『ペリカンと駱駝』、『小西昭夫句集』。歌集に『煙草吸うとき』。その他の著書に『金曜日の朝』、『虚子百句』、坪内稔典氏との共編『子規百句』、『12の現代俳人論（上）』（共著）等がある。

住所：〒790－0924
愛媛県松山市南久米町七五〇番地の六

自画像 2019


朗読句集　チンピラ

2020 年 1 月 1 日　初版発行

著者

小西昭夫

装丁

キム・チャンヒ

発行者

三瀬明子

発行所

有限会社 マルコボ . コム

愛媛県松山市永代町 16 ー 1

電話　089（906）0694

印刷所

株式会社松栄印刷所

HAIKU LIFE

100年俳句計画